Analyse de l'œuvre

Par Yan Dalle et Pauline Coullet

Les Contemplations

de Victor Hugo

lePetitLittéraire.fr

Rendez-vous sur lepetitlitteraire.fr et découvrez :

Plus de 1200 analyses
Claires et synthétiques
Téléchargeables en 30 secondes
À imprimer chez soi

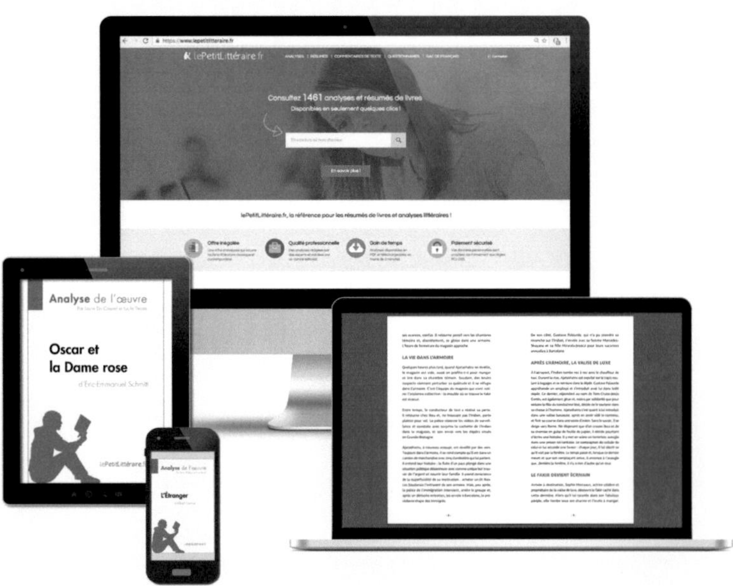

VICTOR HUGO — 1

LES CONTEMPLATIONS — 2

RÉSUMÉ — 3

« Autrefois »
« Aujourd'hui »

ÉCLAIRAGES — 6

La mort de Léopoldine
L'exil politique
Victor Hugo et la poésie
avant *Les Contemplations*
Le siècle du romantisme

CLÉS DE LECTURE — 9

Le dépassement du deuil
La nature, manifestation du divin
Le rôle des poètes
La liberté romantique
Poésie lyrique et modernité

PISTES DE RÉFLEXION — 23

POUR ALLER PLUS LOIN — 26

VICTOR HUGO

POÈTE, DRAMATURGE ET ROMANCIER FRANÇAIS

- **Né en 1802 à Besançon (France)**
- **Décédé en 1885 à Paris**
- **Quelques-unes de ses œuvres :**
    - *Cromwell* (1827)
    - *Les Misérables* (1862)
    - *La Légende des siècles* (1877)

Victor Hugo est un des plus grands auteurs de la littérature française. Né en 1802, il s'inscrit dans un XIXe siècle traversé par le romantisme et en devient une des figures emblématiques. À la fois romancier, poète et dramaturge, il lègue après sa mort, en 1885, une œuvre considérable qui lui vaudra d'être inhumé au Panthéon de Paris.

Sa conception de la littérature, qu'il théorise dans la préface de *Cromwell* (1827), s'oppose au classicisme. Ses romans, comme *Notre-Dame de Paris* (1831) ou *Les Misérables* (1862), sont des succès critiques et populaires, qui seront par la suite souvent adaptés au cinéma.

Victor Hugo est un écrivain engagé, et un grand nombre de ses œuvres sont aussi l'occasion d'une réflexion politique. Contraint à l'exil en 1851 après s'être opposé à Napoléon III (1808-1873), il reviendra en France en 1870 avant de s'éteindre 15 ans plus tard.

LES CONTEMPLATIONS

LE CHEF-D'ŒUVRE LYRIQUE DE VICTOR HUGO

- **Genre :** poésie
- **Édition de référence :** *Les Contemplations*, 2 vol., Paris, Hachette, 1858.
- **1re édition :** 1856
- **Thématiques :** souvenir, nature, lyrisme, spiritualité, romantisme

Publiées en 1856, *Les Contemplations* sont un recueil de 158 poèmes, à travers lesquels Victor Hugo retrace ses souvenirs et l'évolution de ses sentiments, depuis le chagrin lié à la perte de sa fille jusqu'à l'espoir retrouvé. Il se plonge dans une longue contemplation amoureuse de la nature pour retrouver le bonheur, accéder à la sagesse et, enfin, se réconcilier avec Dieu.

RÉSUMÉ

Les Contemplations rassemblent 158 poèmes scindés en deux volumes (« Autrefois » et « Aujourd'hui »), qui comportent chacune trois livres : « Aurore », « L'âme en fleur », « Les luttes et les rêves » pour la première partie ; « *Pauca meae* », « En marche », « Au bord de l'infini » pour la seconde.

« AUTREFOIS »

Les premiers poèmes sont essentiellement lyriques et célèbrent une nature pleine de grâce et de beauté que l'auteur décrit amoureusement. Victor Hugo célèbre également l'enfance, qu'il présente comme un âge béni, plein de pureté et d'innocence. Il mêle à tous ses commentaires des souvenirs de sa prime jeunesse, et évoque des professeurs autoritaires et hostiles à la modernité, travaillant au sein d'institutions particulièrement rigides.

Il aborde dès les premières pages la question de la littérature, de l'art et de la création. Il s'en prend aux règles trop contraignantes du classicisme, auxquelles il oppose la liberté du courant romantique. Il trace le portrait du poète, un être en souffrance capable de transformer sa douleur en art. La vision sombre et amère de l'existence qui imprègne ses textes laisse entrevoir qu'il est lui-même particulièrement désespéré.

Dans cette première partie, Victor Hugo parle de ses amours de jeunesse, et confie au lecteur des anecdotes lointaines, toujours replacées au cœur d'une nature idyllique, qui est le grand sujet de l'œuvre. Plantes, arbres, oiseaux, lacs et fleurs inspirent le poète, qui en déduit à force d'observation des leçons de sagesse.

Enfin, il émet quelques critiques acerbes sur les responsables politiques et sur les puissants ; tandis que, plus loin, il explique pourquoi, d'abord défenseur de la royauté, il a ensuite soutenu la révolution.

« AUJOURD'HUI »

S'il fait très vite allusion à Léopoldine, sa fille disparue, c'est surtout à partir du quatrième livre, « *Pauca meae* », que son souvenir prend une place considérable. Bouleversé par l'évènement tragique de sa mort, Victor Hugo est plongé dans un complet désespoir, et rejette la faute sur Dieu, qu'il juge cruel et insaisissable. Mais cet inconsolable chagrin s'atténue au fil des pages, et laisse peu à peu la place à un optimisme renaissant. Plus tard, le poète demandera pardon à Dieu pour avoir douté de lui.

Réconcilié avec la puissance divine, l'auteur défend la foi contre le doute. Une foi qui n'empêche toutefois pas la critique des églises et des religions, puisqu'elle se dirige plutôt vers un Dieu qui se manifeste dans la plus belle de ses créations, la nature. Au terme des *Contemplations*, Victor Hugo est apaisé. Il a retrouvé le chemin de l'espoir, du bonheur et de la confiance.

Il ne lui reste plus qu'à expliquer au lecteur le rôle du poète parmi les hommes : doté d'une sensibilité accrue et habitué à percer les mystères qui se cachent derrière les mots,

le poète est capable de ressentir ce que les autres ne per-
çoivent pas. Lui seul peut déceler la présence du divin dans
la nature, pour ensuite la révéler aux hommes, qu'il guide de
sa lumière à travers les ténèbres du monde.

LA MORT DE LÉOPOLDINE

En 1843, la fille ainée de Victor Hugo, Léopoldine, se noie dans la Seine. Un drame terrible pour l'auteur qui ne se remettra jamais tout à fait de sa disparition, et qui renonce à publier pendant de nombreuses années, jusqu'à son exil en 1851.

Pour tenter d'atténuer une douleur que le temps n'apaise pas, il se tourne vers le surnaturel et participe à des séances de spiritisme. Tandis qu'il essaie de communiquer avec Léopoldine, ces expériences façonnent dans son esprit une forme très personnelle de spiritualité, qui mêle panthéisme (Dieu est tout et peut être identifié à la nature) et christianisme ; un mysticisme intime qu'il évoque plusieurs fois dans *Les Contemplations*.

L'EXIL POLITIQUE

Suite au décès de sa fille, Victor Hugo renonce à écrire pendant un temps. Toutefois, cette période d'inactivité artistique est aussi due à une participation de plus en plus intense à la vie politique de son pays. En 1848, après l'abdication de Louis-Philippe (1773-1850) et la proclamation de la Seconde République, Victor Hugo est élu député de Paris.

Il soutient la candidature à l'élection présidentielle de Louis-Napoléon Bonaparte, qui est élu le 11 décembre 1848. Mais rapidement, l'écrivain désapprouve plusieurs mesures prises par le nouveau Gouvernement, auquel il finira même par s'opposer fermement. Le 2 décembre 1851, un coup d'État éclate : Louis-Napoléon Bonaparte refuse d'abandonner la présidence au terme de son mandat (ce que prévoit pourtant la Constitution) et conserve le pouvoir.

Une répression terrible s'organise contre les opposants au nouveau régime, dont Victor Hugo fait partie. Il est contraint de s'exiler à Bruxelles, puis dans les iles anglo-normandes, où il continue à critiquer celui qui se fera bientôt appeler Napoléon III. Il se remet à écrire, et publie quelques-uns de ses plus grands chefs-d'œuvre, dont *Les Misérables* et *Les Contemplations*.

VICTOR HUGO ET LA POÉSIE AVANT *LES CONTEMPLATIONS*

La passion pour la poésie s'empare très tôt de Victor Hugo, qui n'a que 20 ans lorsqu'il publie *Odes et Poésies diverses* (1822). Puis viennent, entre autres recueils, les *Odes et Ballades* (1826), *Les Orientales* (1829) ou encore *Les Chants du crépuscule* (1835). Chacune de ces publications contient déjà les motifs récurrents de son œuvre : un lyrisme puissant, une célébration de la nature, une réflexion sur le rôle de l'artiste et, surtout, une prise de distance très nette avec les règles de la poésie classique.

Trois ans avant *Les Contemplations*, Victor Hugo publie l'un de ses recueils majeurs, *Les Châtiments* (1853), une œuvre plus politique, dans laquelle il s'attaque à Napoléon III.

LE SIÈCLE DU ROMANTISME

Dès la fin du XVIIIᵉ siècle, le romantisme révolutionne les arts partout en Europe. Il s'agit d'un courant artistique qui replace l'émotion au centre des œuvres. L'artiste se libère des règles imposées par le classicisme pour mieux se fier à ses sentiments personnels, qui le guident et l'inspirent.

Victor Hugo est l'une des grandes figures de ce mouvement, qu'il défend dans la préface de sa pièce de théâtre *Cromwell*. Le XIXᵉ siècle devient une époque de nouvelles expérimentations littéraires, tant pour Victor Hugo que pour beaucoup d'autres auteurs. En poésie, cette révolution se traduit par un rapprochement entre le vers et la prose, par une métrique plus souple, ou encore par un refus de l'alexandrin jugé trop systématique. Cependant, les auteurs romantiques n'abandonnent pas totalement le vers.

C'est dans ce contexte que sont rédigées *Les Contemplations* : par un auteur convaincu du bienfondé des idées romantiques et affranchi des règles de la poésie classique.

CLÉS DE LECTURE

LE DÉPASSEMENT DU DEUIL

L'art de la contemplation

Le recueil succède à une longue période pendant laquelle Victor Hugo, bouleversé par la mort de sa fille, ne publiait presque plus. En observant la nature et en interrogeant le divin, l'auteur essaie de trouver un moyen de se réconcilier avec la vie. Il y parvient à force de longues méditations sur l'existence, sur la mort, sur Dieu, qu'il transmet aux hommes par le moyen de la poésie.

Le deuil et la nostalgie

Dans un premier temps, *Les Contemplations* sont placées sous les signes du pessimisme et du désespoir. L'auteur détaille ses souffrances et évoque des souvenirs heureux qui ne reviendront jamais. Il raconte des moments de son enfance, âge béni où les êtres encore innocents sont préservés des douleurs et des drames qui surviennent inévitablement dans la vie des hommes.

L'âme de l'enfant est pure, elle n'est pas encore corrompue par l'existence, et Victor Hugo admire les « beaux grands yeux d'enfants, sans peur, sans fiel » (« La vie aux champs », vol. I). Mais cette bénédiction ne dure qu'un temps, car « Pour l'enfant, grandir, c'est chanceler » (« Le revenant », *ibid.*).

Le souvenir et la nostalgie des jours heureux sont aussi

étroitement liés à la figure de Léopoldine, l'ange perdu qu'il cherche aujourd'hui dans la nuit. Il s'efforce de trouver des coupables et s'en prend tout d'abord à la nature : « Que te sert d'avoir pris cet enfant, ô nature ? » (« Épitaphe », *ibid.*).

Puis, il s'attaque à Dieu, un Dieu qu'il juge cruel et arbitraire.

> « Si ce Dieu n'a pas voulu clore
> L'œuvre qui me fit commencer,
> S'il veut que je travaille encore,
> Il n'avait qu'à me la laisser ! » (« Trois ans après », vol. II)

Le poète désespéré a perdu toute confiance dans le jugement divin et va même jusqu'au blasphème, en réclamant le soulagement par la mort.

> « Ô seigneur ! Ouvrez-moi les portes de la nuit,
> Afin que je m'en aille et que je disparaisse ! » (« *Veni, vidi, vixi* », *ibid.*)

Abattu, triste et en colère – « Je suis plein de regrets. Brisé par la souffrance » (« À quoi songeaient les deux cavaliers dans la forêt », *ibid.*) –, Victor Hugo s'oppose à Dieu, mais le conflit ne durera qu'un temps et laissera ensuite place à la réconciliation.

Des leçons de sagesse

Pour surmonter son désespoir, Victor Hugo s'appuie sur des leçons de sagesse qu'il tire de ses méditations. Il invite les hommes à accepter leur sort, sur lequel ils n'ont de toute façon aucun contrôle.

> « On est flot dans la foule, âme dans la tempête ;
> Tout vient et passe ; on est en deuil, on est en fête ; » (« On
> vit, on parle », *ibid.*)

Le malheur est dans la nature tragique de l'existence, au même titre que le bonheur, et il ne peut pas être conjuré. Il est le revers inévitable des moments de joie, que le poète conseille de vivre intensément lorsqu'ils se manifestent : « Êtres ! choses ! vivez ! sans peur, sans deuil, sans nombre ! » (« *Mugitusque boum* », *ibid.*) ; « Chantez, riez ; soyez heureux, soyez célèbres ;/ Chacun de vous sera bientôt dans les ténèbres » (« Pleurs dans la nuit », *ibid.*).

Pour vivre heureux, il faut apprendre à apprécier les plaisirs simples.

> « La chanson d'un oiseau qui sur le toit se pose,
> De l'ombre ; – et quel besoin avons-nous d'autre chose ? »
> (« Il lui disait », vol. I)

Et savoir respecter quelques valeurs essentielles.

> « La fidélité sans ennui,
> La paix des vertus élevées, Et l'indulgence pour autrui,
> Éponge des fautes lavées » (« Il fait froid », *ibid.*)

LA NATURE, MANIFESTATION DU DIVIN

Le titre des *Contemplations* renvoie à la qualité d'observateur de Victor Hugo, qui se positionne comme un sujet contemplatif. La nature est la source d'inspiration par excellence des poètes romantiques : la contemplation de la nature amène à la méditation et à l'émerveillement.

Victor Hugo, bouleversé par la disparition de sa fille, tente de comprendre un monde qui lui parait désormais cruel et injuste, de se réconcilier avec la vie et de retrouver la foi, qu'il pense avoir perdue.

Dans le poème « Je respire où tu palpites » (*ibid.*), on peut déceler les signes d'un optimisme retrouvé lorsque le poète écrit : « L'amour fait comprendre à l'âme/ L'univers, sombre et béni ;/ Et cette petite flamme/ Seule éclaire l'infini. ». Selon lui, la vie prend du sens grâce à l'amour, et c'est dans la nature, sujet primordial du recueil, que celui-ci nait.

Les poèmes de l'amour sont aussi des poèmes de la nature : celui de « La Coccinelle » (*ibid.*), par exemple, relate l'histoire d'un baiser raté en lien avec une coccinelle. L'auteur met d'ailleurs en place de nombreux procédés poétiques pour mêler le lyrisme amoureux à celui de la nature. La femme aimée peut, par exemple, être comparée à la faune : « Ton sein palpitait comme l'aile/ D'un jeune oiseau » (« Mon bras pressait ta taille », *ibid.*). Son corps peut aussi se mêler à la nature pour former un ensemble indissociable, comme « les pieds nus, parmi les joncs penchants » (« Elle était déchaussée », *ibid.*) ; ou bien le « petit pied dans l'eau pure » (« Vieille chanson du jeune temps », *ibid.*) ; ou encore les doigts qui « allaient chercher le fruit vermeil » (« Nous allions au verger cueillir des bigarreaux », *ibid.*). Victor Hugo parle même, dans « Les femmes sont sur la terre » (*ibid.*), d'un amour « dont toute la nature,/ N'est, au fond, que l'ornement ».

La nature apparait donc comme l'espace privilégié de la fusion du poète et de la femme aimée, et cet amour devient une force mystique qui dépasse la raison. Il tient du divin car c'est le dessein de Dieu pour les hommes : « Aimons ! c'est tout. Et Dieu le veut ainsi » (« Un soir que je regardais le ciel », *ibid.*). De la même façon, l'amour est le moyen de sentir la présence divine, car, selon l'auteur, si on laisse son cœur ouvert, alors « Dieu va rayonner peut-être ! » (« Il fait froid », *ibid.*).

Nous l'avons dit, Victor Hugo possède une vision panthéiste du divin : pour lui, Dieu se manifeste dans la nature ; il est partout, dans toute chose naturelle, et se confond avec elle. La nature est la « sœur jumelle/ D'Ève et d'Adam et du jour » (« Après l'hiver », *ibid.*). Dans le poème « Éclaircie » (vol. II), on remarque très clairement ce lien à travers le vocabulaire religieux utilisé pour décrire l'océan et la forêt qui le borde : « sève sacrée » ; « la grande paix d'en haut ». La nature n'est pas seulement vivante, elle est divine. Dans ce poème, la contemplation de la nature inspire à l'auteur des émotions si fortes et sublimes qu'elles déclenchent en lui une épiphanie (une révélation intense et fugitive). En littérature, une épiphanie est un moment de révélation qui illumine le poète. C'est aussi, dans l'Évangile, la première manifestation de Jésus Christ comme fils de Dieu.

> « Une lueur, rayon vague, part du berceau
> Qu'une femme balance au seuil d'une chaumière,
> Dore les champs, les fleurs, l'onde, et devient lumière
> En touchant un tombeau qui dort près du clocher.
> Le jour plonge au plus noir du gouffre, et va chercher
> L'ombre, et la baise au front sous l'eau sombre et hagarde.
> Tout est doux, calme, heureux, apaisé ; Dieu regarde. »
> (« Éclaircie », *ibid.*)

La révélation divine prend la forme d'une lueur, d'une illumination progressive du paysage, dotée d'un sens réaliste et surnaturel. La lueur devient synonyme de renaissance : elle part d'un berceau, puis éclaire le paysage et, enfin, fait sortir un tombeau de l'ombre. Dans le dernier vers, l'éclaircie révèle alors la présence divine : « Dieu regarde. »

L'œuvre de Dieu est donc partout, et il faut savoir observer, contempler le monde et la nature pour la déceler. Le poète est touché par la puissance divine en observant les paysages, les plantes, les forêts, et fait donc un premier pas vers la réconciliation avec Dieu et la sérénité.

LE RÔLE DES POÈTES

La position du poète est très importante dans l'écriture de Hugo. La poésie, nous l'avons vu, est un chemin vers Dieu – c'est grâce au lyrisme que Victor Hugo s'est réconcilié avec Dieu. Mais le poète est aussi un artiste qui joue avec les mots, or « le mot, c'est le Verbe, et le Verbe, c'est Dieu » (« Suite », vol. I) et « Dieu n'a pas fait un bruit sans y mêler le Verbe » (« Ce que dit la bouche d'ombre », vol. II). Le poète apparaît donc comme un élu de Dieu : il est le mieux placé pour saisir l'insaisissable, lui qui voit le « Flux que la foule ne voit pas » (« Les mages », *ibid.*). Cette position privilégiée lui donne une responsabilité : celle d'éclairer les hommes. Il comprend la nature et le monde, et devient donc un prophète, capable de prédire l'avenir – il le décrit d'ailleurs dans le poème « Fonction du poète » (*Les Rayons et les ombres*, 1840).

Selon Victor Hugo, le poète, parce qu'il est éclairé par Dieu, doit profiter de ce privilège afin d'œuvrer pour le bien de l'humanité. Il est un pont entre le passé et l'avenir, et se doit d'orienter l'histoire, de guider les hommes vers la lumière et le progrès. Victor Hugo, outre son travail d'auteur, était engagé dans les combats politiques. Dans « Melancholia » (vol. I), par exemple, il dénonce la cruauté du travail des enfants :

> « Où vont tous ces enfants dont pas un seul ne rit ?
> Ces doux êtres pensifs, que la fièvre maigrit
> Ces filles de huit ans qu'on voit cheminer seules
> Ils s'en vont travailler quinze heures sous des meules ;
> Ils vont, de l'aube au soir, faire éternellement
> Dans la même prison le même mouvement. »

L'auteur condamne dans ce poème un fléau de son époque : l'exploitation des enfants, qui travaillent dans les usines au lieu de jouer et apprendre à l'école. Il prend donc la position du poète engagé, qui veut rendre la société plus juste. L'un des plus grands combats de Victor Hugo est d'ailleurs celui contre la peine de mort.

Le poète est donc un guide pour les hommes, mais aussi un porte-parole. Doté d'une sensibilité très fine, il souffre vio-lemment dans le malheur, qu'il transforme ensuite en art : « Le poète a saigné le sang qui sort du drame. » (« Le poème éploré se lamente », *ibid.*) Il comprend l'âme humaine et les souffrances de ses semblables, et c'est son rôle de parler au nom de tous. Son expérience personnelle mise en poésie fait écho à celle de tous les hommes. Il la partage avec eux et parle en leur nom : « Tout ce que j'éprouvais, l'avez-vous éprouvé ? » (« Oh ! je fus comme fou dans le premier moment », vol. II).

LA LIBERTÉ ROMANTIQUE

Croire pour retrouver le bonheur

> « Maintenant qu'attendri par ces divins spectacles,
> Plaines, forêts, rochers, vallons, fleuve argenté,
> Voyant ma petitesse et voyant vos miracles,
> Je reprends ma raison devant l'immensité ;
> [...]
> Je conviens que vous seul savez ce que vous faites » (« À Villequier », *ibid.*)

Cette citation résume parfaitement le chemin parcouru par Victor Hugo dans *Les Contemplations*. Désespéré, il commence par douter du dessein de Dieu et blasphème. Puis, à force de contempler la nature, il décèle les marques de la puissance et de la sagesse divine. Convaincu, il affirme ensuite sa foi et sa confiance retrouvée en Dieu, un Dieu associé à la nature, dissocié des religions, qui ne doit pas être abordé par le prisme de la raison.

Au contraire, Victor Hugo plaide pour la foi et la croyance par opposition au doute des philosophes – « Le sage doute et raille » (« *Dolor* », *ibid.*) – et plus particulièrement à la pensée matérialiste. La matière, c'est celle du corps, une prison de l'âme soumise à des besoins primaires, contrairement à l'esprit, beaucoup plus pur et proche de Dieu. Les philosophes matérialistes affirment que corps et esprit ne forment qu'un – un ensemble continu de matière. Mais Victor Hugo dissocie les deux et considère que la matière abaisse l'homme et l'éloigne de Dieu ; c'est ce qui tire « l'esprit vers l'animal » ; et « le mal, c'est la matière » (« Ce que dit la bouche d'ombre », *ibid.*).

Ne pas comprendre le projet divin ne nous autorise pas à douter de Dieu. Si la souffrance et les malheurs font partie de l'existence, ils ne sont en aucun cas une preuve de l'inexistence de Dieu, et l'auteur s'oppose à tous ceux qui déclarent (comme lui auparavant) : « Je ne veux pas de l'Être !/ Je souffre ; donc, l'Être n'est pas ! » (« *Dolor* »). Il affirme que la raison du philosophe est impuissante à expliquer ce qui relève du domaine de la foi et du divin. Pire, pour l'homme, « Douter est sa puissance et sa punition » (« Ce que dit la bouche d'ombre », *ibid.*).

Le doute, la raison ou la pensée ne permettent pas de saisir le divin et constituent des obstacles au bonheur. Dieu ne donne pas à la fois « Le bonheur et la vérité » (« Trois ans après », *ibid.*). Le bonheur implique une confiance presque aveugle dans le projet divin, chargé de mystères qu'il ne faut pas chercher à expliquer – c'est d'ailleurs ce qui valut à Adam et Ève d'être chassés du jardin d'Éden, après qu'Ève a goûté aux fruits de l'arbre de la connaissance.

Les hommes se divisent en deux groupes : ceux qui essaient de comprendre et ceux qui croient. Victor Hugo, au terme des *Contemplations*, appartient désormais à cette seconde catégorie. Il a fait un choix qui lui permet de retrouver le bonheur, la volonté de vivre, et de se libérer du deuil.

Considérations politiques et artistiques

Au parcours qu'il trace, qui du pessimisme aboutit à l'optimisme retrouvé, Victor Hugo ajoute des considérations politiques et artistiques tout au long de son œuvre.

Il confie au lecteur que, d'abord royaliste, il a changé d'opinion.

> « Parce que j'ai vagi des chants de royauté,
> Suis-je à toujours rivé dans l'imbécilité ? » (« Écrit en 1846 »,
> *ibid.*)

Il se méfie des souverains, qu'il appelle des « nains géants », et se range du côté du peuple. Lorsque la violence éclate à l'occasion des révoltes populaires, elle est toujours la conséquence de l'oppression et de la faim. Pour Victor Hugo, « la faim, c'est le crime public. C'est l'immense assassin qui sort de nos ténèbres » (« Chose vue un jour de printemps », vol. I).

Fidèle à ses convictions, il réaffirme la liberté dans l'art et la nécessité de s'affranchir des règles pour créer. Dans la lignée de la préface de *Cromwell*, il célèbre le romantisme, un courant qui, contrairement aux règles classiques, mêle le drame et la farce.

Une métaphore subtile se met en place entre littérature classique et royauté : « La langue était l'État avant quatre-vingt-neuf » (« Réponse à un acte d'accusation », *ibid.*), tandis que lui-même, se comparant à Danton (1759-1794) et à Robespierre (1758-1794), raconte à la première personne du singulier que « sur les bataillons d'alexandrins carrés,/

[Il] fi[t] souffler un vent révolutionnaire » (*ibid.*). Il affirme en outre que la poésie et le drame étaient auparavant enchaînés par des règles trop contraignantes ; Victor Hugo les a libérés en mettant « un bonnet rouge au vieux dictionnaire » (*ibid.*).

Quant aux critiques que lui opposent les défenseurs du classicisme, il les balaye d'un revers de plume : « Quand l'impuissance écrit, elle signe : Sagesse » (« Quelques mots à un autre », *ibid.*).

> « Ne crois pas que l'esprit du poète descend
> Lorsque entre deux grands vers un mot passe en dansant »
> (« À André Chénier », *ibid.*)

Privilégiant la liberté dans l'acte créateur, il refuse de « marcher derrière les modèles » (« Quelques mots à un autre », *ibid.*) et compare régulièrement la Révolution française de 1789 avec la révolution romantique, qui coïncident à peu près dans le temps et érigent toutes deux la liberté comme valeur suprême.

POÉSIE LYRIQUE ET MODERNITÉ

Au XIXe siècle, le courant du romantisme, avec Hugo en chef de file, développe la poésie lyrique. Il s'agit d'une poésie qui, en opposition au classicisme français, met en avant les émotions et sentiments du poète : il privilégie sa subjectivité. Les thèmes récurrents sont l'amour, la nostalgie, la mort, la communion avec la nature... Autant de thématiques traitées dans *Les Contemplations*.

C'est en se mettant lui-même en position de sujet du poème

que le poète révèle sa fonction fondamentale, celle du maitre du Verbe. En effet, le lyrisme s'oppose en cela à la poésie classique car ce n'est plus la rigueur de la forme qui est mise en valeur mais le travail sur les mots, les images, les rythmes et les sonorités. Le registre lyrique emploie souvent la première personne du singulier, que l'on retrouve dans la quasi-totalité des poèmes des *Contemplations*, et utilise une ponctuation expressive – Paul Valery disait d'ailleurs « Le lyrisme est le développement d'une exclamation. ». Prenons l'exemple du poème « Elle avait pris ce pli » (vol. II), où Victor Hugo évoque le souvenir de sa fille. On remarque au début une grande sobriété des vers, et un rythme régulier dans les alexandrins, qui permettent d'amener l'exclamation finale avec d'autant plus d'émotion :

> « J'appelais cette vie être content de peu !
> Et dire qu'elle est morte ! hélas ! que Dieu m'assiste ! »

Les phrases sont tantôt amples, tantôt brisées, pour refléter le jaillissement de l'émotion.

Mais c'est aussi sa parfaite maitrise de l'alexandrin qui permet à Hugo de développer ses sentiments d'une façon aussi puissante. Dans ce même poème, il mentionne les « quelques arabesques folles » que Léopoldine traçait sur ses papiers. Grâce à la forme même du vers, il parvient à mimer la forme de ces arabesques en faisant filer une phrase ininterrompue sur six vers :

> « Alors, je reprenais, la tête un peu moins lasse,
> Mon œuvre interrompue, et, tout en écrivant,
> Parmi mes manuscrits je rencontrais souvent

> Quelque arabesque folle et qu'elle avait tracée,
> Et mainte page blanche entre ses mains froissée
> Où, je ne sais comment, venaient mes plus doux vers. »
> (« Elle avait pris ce pli »)

C'est en cela que l'écriture lyrique du XIXe siècle a fondamentalement transformé la poésie française. Les poètes romantiques ont recherché la densité du vers, les effets poétiques et métriques, afin de « signer » leur poème de leur subjectivité, de leur singularité.

Paradoxalement, pour libérer le vers, Hugo a choisi de respecter les règles communes de la métrique. Mais, même s'il accepte cette contrainte, il ne met pas en application de façon mécanique ce modèle métrique. Pour libérer la parole poétique, Hugo se soumet à la fois à la grammaire et à la prosodie ; au mètre et à la phrase. Il le mentionne dans son poème « Réponse à un acte d'accusation » (vol. I)

> « C'est vrai, maudissez-nous. Le vers, qui, sur son front
> Jadis portait toujours douze plumes en rond,
> Et sans cesse sautait sur la double raquette
> Qu'on nomme prosodie et qu'on nomme étiquette,
> Rompt désormais la règle et trompe le ciseau,
> Et s'échappe, volant qui se change en oiseau,
> De la cage césure, et fuit vers la ravine,
> Et vole dans les cieux, alouette divine. »

Pour libérer le vers, le laisser s'échapper, Victor Hugo utilise le vers brisé et la dislocation de l'alexandrin – il affirme d'ailleurs : « J'ai disloqué ce grand niais d'alexandrin » (« Quelques mots à un autre », *ibid.*). Il s'est aussi détaché de la césure qui formait, dans la poésie classique, une limite

rythmique dans le vers après les six premières syllabes :
« Rien n'est beau que le vrai,/ le vrai seul est aimable. »
(Boileau). Ce sont de ces contraintes-là que Hugo veut
s'éloigner. Dans la même optique, il pratique l'enjambe-
ment, propre à l'écriture romantique. Il laisse la phrase d'un
vers « enjamber » le vers du dessous – une pratique que l'on
évitait à l'époque classique. Nous en avons un exemple dans
le poème « Melancholia » (*ibid.*) :

> « Elle accuse quelqu'un, une autre femme, ou bien
> Son mari. Ses enfants ont faim. Elle n'a rien ;
> Pas d'argent ; pas de pain ; à peine un lit de paille. »

Victor Hugo a donc bousculé les règles et libéré le vers afin
de mettre en valeur le mot et d'accentuer toute l'expres-
sivité de son écriture. Il a ainsi défini l'essence même du
lyrisme et du romantisme.

PISTES DE RÉFLEXION

QUELQUES QUESTIONS POUR APPROFONDIR SA RÉFLEXION...

- *Les Châtiments* (1853) et La *Légende des siècles* (1859 et 1877) sont deux autres recueils poétiques publiés par l'auteur pendant son exil. En quoi sont-elles des œuvres plus engagées politiquement que *Les Contemplations* ?
- La nature tient une place prépondérante dans le recueil, et plus particulièrement les oiseaux. Quelle est leur fonction symbolique lorsqu'ils sont cités par Victor Hugo ? À quels procédés poétiques sont-ils associés ?
- *Les Contemplations* est une œuvre écrite en vers. Analysez le vers romantique, sa métrique et son utilisation, et comparez-le au vers classique.
- Quels sont les points communs entre la poésie de Victor Hugo et celle d'autres auteurs romantiques, comme Alphonse de Lamartine (1790-1869), Alfred de Vigny (1797-1863) ou encore Alfred de Musset (1810-1857) ?
- Quel rapport à la nature entretiennent les auteurs cités précédemment ? Leur vision de la nature se rapproche-t-elle de celle que Victor Hugo exprime dans *Les Contemplations* ?
- Le panthéisme est une philosophie selon laquelle Dieu est identifié à la nature. Quand cette doctrine est-elle née ? Quelle est la place de Spinoza (1632-1677) dans cette tradition philosophique ?
- Victor Hugo rejette, entre les lignes, le matérialisme. Qui sont les philosophes matérialistes et qu'est-ce qui les différencie des philosophes idéalistes ?

- Victor Hugo s'exile pour fuir la répression menée par Napoléon III. Jusqu'à quelle date durera le règne de celui qu'il surnomme Napoléon le petit ? Quels évènements précipiteront sa chute et la mise en place de la IIIe République ?
- Victor Hugo parle des émeutes de la faim et de son abandon progressif du royalisme. Quelles sont les grandes révoltes qui ont eu lieu entre 1800 et 1852 ? Dans quelles conditions les royalistes ont-ils repris puis perdu le pouvoir ?

Votre avis nous intéresse !
Laissez un commentaire sur le site de votre librairie en ligne
et partagez vos coups de cœur sur les réseaux sociaux !

POUR ALLER PLUS LOIN

ÉDITION DE RÉFÉRENCE

- Hugo V., *Les Contemplations*, Paris, Hachette, 1858.

ÉTUDES DE RÉFÉRENCE

- Les Contemplations *de Victor Hugo*, Paris, Hatier, coll. « Profil Littérature », Paris, Hatier, 2002.
- Fournet D., *Victor Hugo.* Les Contemplations, Levallois-Perret, Bréal, coll. « Connaissance d'une œuvre », 2001.
- Vaillant A., « Le lyrisme du vers syllabique : de Lamartine à Mallarmé », in *Romantisme*, 2008/2 n° 140, Paris, Armand Colin, 170 p.
- Vargaftig B., *La poésie des romantiques*, Paris, Éditions 84, coll. « Librio Poésie », 2004.

SUR LEPETITLITTÉRAIRE.FR

- Commentaire portant sur la scène II de l'acte I de *Hernani* de Victor Hugo
- Commentaire portant sur la préface de 1832 du *Dernier Jour d'un condamné* de Victor Hugo.
- Commentaire portant sur le chapitre VI du livre I de *Notre-Dame de Paris* de Victor Hugo.
- Commentaire portant sur la préface de *Cromwell* de Victor Hugo.
- Fiche de lecture sur *Claude Gueux* de Victor Hugo.
- Fiche de lecture sur *Hernani*.
- Fiche de lecture sur *Le Dernier Jour d'un condamné*.

- Fiche de lecture sur *Ruy Blas* de Victor Hugo.
- Fiche de lecture sur *Les Misérables* de Victor Hugo.
- Fiche de lecture sur *Quatrevingt-Treize* de Victor Hugo.
- Fiche de lecture sur *L'Homme qui rit* de Victor Hugo.
- Fiche de lecture sur *Notre-Dame de Paris*.
- Questionnaire de lecture sur *Claude Gueux*.
- Questionnaire de lecture sur *Le Dernier Jour d'un condamné*.
- Questionnaire de lecture sur *Quatrevingt-Treize*.

www.lepetitlitteraire.fr/

ISBN version numérique : 978-2-8062-6378-0
ISBN version papier : 978-2-8062-6379-7
Dépôt légal : D/2015/12603/163

Avec la collaboration de Pauline Coullet pour les chapitres
« La nature, manifestation du divin », « Le rôle des poètes »
et « Poésie lyrique et modernité ».

Conception numérique : Primento,
le partenaire numérique des éditeurs.

Ce titre a été réalisé avec le soutien de la Fédération
Wallonie-Bruxelles, Service général des Lettres et du Livre.

Retrouvez notre offre complète sur lePetitLittéraire.fr

- des fiches de lectures
- des commentaires littéraires
- des questionnaires de lecture
- des résumés

ANOUILH
- Antigone

AUSTEN
- Orgueil et Préjugés

BALZAC
- Eugénie Grandet
- Le Père Goriot
- Illusions perdues

BARJAVEL
- La Nuit des temps

BEAUMARCHAIS
- Le Mariage de Figaro

BECKETT
- En attendant Godot

BRETON
- Nadja

CAMUS
- La Peste
- Les Justes
- L'Étranger

CARRÈRE
- Limonov

CÉLINE
- Voyage au bout de la nuit

CERVANTÈS
- Don Quichotte de la Manche

CHATEAUBRIAND
- Mémoires d'outre-tombe

CHODERLOS DE LACLOS
- Les Liaisons dangereuses

CHRÉTIEN DE TROYES
- Yvain ou le Chevalier au lion

CHRISTIE
- Dix Petits Nègres

CLAUDEL
- La Petite Fille de Monsieur Linh
- Le Rapport de Brodeck

COELHO
- L'Alchimiste

CONAN DOYLE
- Le Chien des Baskerville

DAI SIJIE
- Balzac et la Petite Tailleuse chinoise

DE GAULLE
- Mémoires de guerre III. Le Salut. 1944-1946

DE VIGAN
- No et moi

DICKER
- La Vérité sur l'affaire Harry Quebert

DIDEROT
- Supplément au Voyage de Bougainville

DUMAS
- Les Trois
  Mousquetaires

ÉNARD
- Parlez-leur
  de batailles,
  de rois et
  d'éléphants

FERRARI
- Le Sermon sur la
  chute de Rome

FLAUBERT
- Madame Bovary

FRANK
- Journal
  d'Anne Frank

FRED VARGAS
- Pars vite et
  reviens tard

GARY
- La Vie devant soi

GAUDÉ
- La Mort du
  roi Tsongor
- Le Soleil des
  Scorta

GAUTIER
- La Morte
  amoureuse
- Le Capitaine
  Fracasse

GAVALDA
- 35 kilos d'espoir

GIDE
- Les
  Faux-Monnayeurs

GIONO
- Le Grand
  Troupeau
- Le Hussard
  sur le toit

GIRAUDOUX
- La guerre de
  Troie
  n'aura pas lieu

GOLDING
- Sa Majesté des
  Mouches

GRIMBERT
- Un secret

HEMINGWAY
- Le Vieil Homme
  et la Mer

HESSEL
- Indignez-vous !

HOMÈRE
- L'Odyssée

HUGO
- Le Dernier Jour
  d'un condamné
- Les Misérables
- Notre-Dame
  de Paris

HUXLEY
- Le Meilleur
  des mondes

IONESCO
- Rhinocéros
- La Cantatrice
  chauve

JARY
- Ubu roi

JENNI
- L'Art français
  de la guerre

JOFFO
- Un sac de billes

KAFKA
- La Métamorphose

KEROUAC
- Sur la route

KESSEL
- Le Lion

LARSSON
- Millenium I. Les
  hommes qui
  n'aimaient pas
  les femmes

LE CLÉZIO
- Mondo

LEVI
- Si c'est un
  homme

LEVY
- Et si c'était vrai…

MAALOUF
- Léon l'Africain

MALRAUX
• La Condition
humaine

MARIVAUX
• La Double
Inconstance
• Le Jeu de l'amour
et du hasard

MARTINEZ
• Du domaine
des murmures

MAUPASSANT
• Boule de suif
• Le Horla
• Une vie

MAURIAC
• Le Nœud
de vipères

MAURIAC
• Le Sagouin

MÉRIMÉE
• Tamango
• Colomba

MERLE
• La mort est
mon métier

MOLIÈRE
• Le Misanthrope
• L'Avare
• Le Bourgeois
gentilhomme

MONTAIGNE
• Essais

MORPURGO
• Le Roi Arthur

MUSSET
• Lorenzaccio

MUSSO
• Que serais-je
sans toi ?

NOTHOMB
• Stupeur et
Tremblements

ORWELL
• La Ferme
des animaux
• 1984

PAGNOL
• La Gloire de
mon père

PANCOL
• Les Yeux jaunes
des crocodiles

PASCAL
• Pensées

PENNAC
• Au bonheur
des ogres

POE
• La Chute de la
maison Usher

PROUST
• Du côté de
chez Swann

QUENEAU
• Zazie dans
le métro

QUIGNARD
• Tous les matins
du monde

RABELAIS
• Gargantua

RACINE
• Andromaque
• Britannicus
• Phèdre

ROUSSEAU
• Confessions

ROSTAND
• Cyrano de
Bergerac

ROWLING
• Harry Potter à
l'école des sor-
ciers

SAINT-EXUPÉRY
• Le Petit Prince
• Vol de nuit

SARTRE
• Huis clos
• La Nausée
• Les Mouches

SCHLINK
• Le Liseur

SCHMITT
- La Part de l'autre
- Oscar et la
  Dame rose

SEPULVEDA
- Le Vieux qui
  lisait des romans
  d'amour

SHAKESPEARE
- Roméo et Juliette

SIMENON
- Le Chien jaune

STEEMAN
- L'Assassin
  habite au 21

STEINBECK
- Des souris et
  des hommes

STENDHAL
- Le Rouge et
  le Noir

STEVENSON
- L'Île au trésor

SÜSKIND
- Le Parfum

TOLSTOÏ
- Anna Karénine

TOURNIER
- Vendredi ou
  la Vie sauvage

TOUSSAINT
- Fuir

UHLMAN
- L'Ami retrouvé

VERNE
- Le Tour
  du monde
  en 80 jours
- Vingt mille
  lieues sous
  les mers
- Voyage au
  centre de
  la terre

VIAN
- L'Écume des jours

VOLTAIRE
- Candide

WELLS
- La Guerre des
  mondes

YOURCENAR
- Mémoires
  d'Hadrien

ZOLA
- Au bonheur
  des dames
- L'Assommoir
- Germinal

ZWEIG
- Le Joueur
  d'échecs

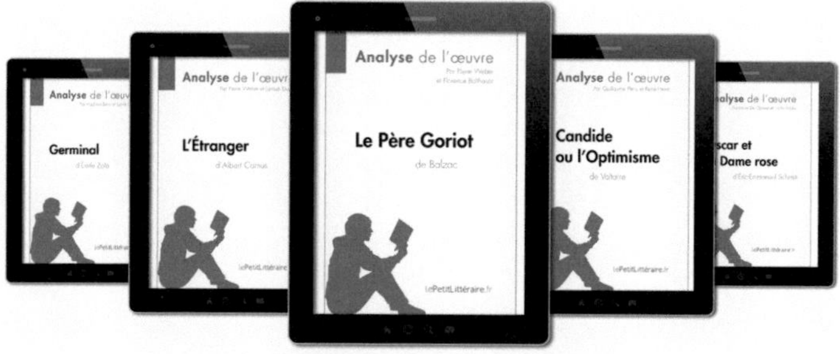